APPARITION

MERVEILLEVSE

DE TROIS

PHANTOSMES

DANS LA FOREST

DE MONTARGIS,

A VN BOVRGEOIS
de la mesme Ville.

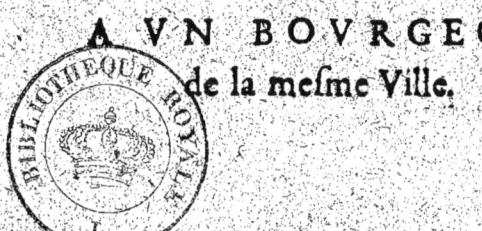

A PARIS,

M. DC. XLIX.

APPARITION
MERVEILLEUSE

PHANTOSME
DANS LA FORÊT

A PARIS

M DC XL.

APPARITION

MERVEILLEVSE DE trois Phantofmes dans la Foreft de Montargis à vn Bourgeois de la mefme ville.

IEV ne nous chaftie iamais que par vn fecret de fa proui-dence infinie, & des traits de fa bonté enuers les hommes, qu'il ne faffe paroiftre auparauant quelque figne euident de fa colere afin que nous l'euitions. Lors qu'il fut queftion de punir les defbordemens & les impietez des mortels abandonnez à toutes fortes de vices, par les eauës d'vn delu-ge Vniuerfel, Dieu fit commandement à

Noé de baftir vne Arche l'efpace de cin-
quante ans entiers, afin que durant ce long-
temps les pecheurs venant à fçauoir que
Dieu auoit refolu de les punir, ils s'amen-
daffent, & par ce moyen euitaffent le cha-
ftiment qui leur eftoit preparé. L'hiftoire
remarque que la Ville de Hierufalem e-
ftant fur le point d'eftre renduë à la dif-
cretion des ennemis plufieurs fignes parurent qui tefmoignerent fon mal-heur: &
que l'on entendit mefme des voix dans le
temple qui crioient confufement: Sortons
d'icy, fortons d'icy. Combien de fignes
parurent du temps que les Goths prirent
la Ville de Rome, l'on veit pleuuoir des
pluyes de fang. La nature de Iupiter
Dieu tutelaire de ce lieu tomba par terre & fe brifa en mille pieces, bien qu'elle fut de cuiure, qui eft vn metail tres-
fort. Celle de Iunon qui eftoit dans le Ca-
pitole fut mife en pouffiere & comme
aneantie par vn coup de tonnere: Celle
de Pallas ietta des larmes de fang, & a-
pres vn horrible tremblement de terre,
toutes les Diuinitez adorées en ce lieu te-
moignerent

moignerent euidemment qu'elle vouloient
abandonner vn ville donc la ruyne eſtant
infaillible. Sans aller plus loing touc le
monde ſçaic qu'auant la mort funeſte de
Henry v ɪ. le plus grand, le plus aymé,
comme le plus aymable Prince du monde, vn phantoſme qu'on appelle encore
auiourd'huy le grand Veneur paruc dans
la foreſt de Fontaine-bleau, lors que ce
Prince y chaſſoit, qui parlant à quelques
Seigneurs de ſa ſuitte leur dit aſſez con-
fuſement amendez vous : où allez vous :
d'où venez vous : & tout le monde ſçai t
qu'il y a trente ans qu'vne Comette eſ-
pouuantable, ſe fit voir à l'entour de cette ville de Paris, & que moy meſme i'ay
veu pluſieurs fois qui paſſaſt vne grande
queuë enforme de verges pour marquer
que le Ciel nous vouloit chaſtier, en ef-
fet outre qu'en ſuite nous euſmes de gran-
des peſtes, ce fut encore le commence-
ment de tous les mal-heurs que nous éſ-
prouuons tous les iours, & dont nous
n'attendons la fin que de la main de Dieu.
C'eſt ce qui m'a obligé de vous faire re-

B

cit d'vne vifion tres-particuliere & tres
efpouuentable qui eſt nouuellement ar-
riuée à vingt cinq lieuës de Paris. Vn ho-
neſte Bourgeois de Montargis homme
en reputation tres-grande , de probité
& de vertu : apres auoir fait toutes ſes
deuotions Ieudy derniere iour de l'octa-
ue du ſaint Sacrement , & meſme com-
munié, comme il fait aſſez ſouuent ; s'a-
uiſa ſur les cinq heures du ſoir de s'en aller promemer dans la foreſt qui eſt pro-
che de la ville , & pour mieux s'entre-
tenir dans ſes propres penſées s'eſcar-
ta aſſez loing du chemin , & s'enfonça
inopinement dans le plus profond du
bois , où en meſme temps il apperçeut
d'aſſez loing deux hommes venir droit à
luy, dont l'vn eſtoit armé de pied en cap,
& l'autre tout nud : cét homme muny de
la foy , & aſſuré ſur ſon innocence apres
auoir leué les mains au Ciel , & s'eſtre re-
commandé à Dieu en qui il mettoit tou-
te ſa confiance, s'approcha auſſi d'eux, iu-
geant par leurs demarches qu'ils auoient
deſſein de luy parler & qu'ils n'eſtoient

pas Citoyens de ce bas monde : mais comme il eſtoit ſur le point de les ioin-dre la crainte ſe ſaiſit de ſon eſprit, & luy fit rebrouſſer chemin vers la ville, où cheminant il apperçeut vne femme mal veſtuë, maigre & défigurée, qui mangeoit auec vne auidité extréme quelques raci-nes, & quelques fueilles qu'elle ramaſſoit dedans ce bois. Cét homme eſtonné de ce ſpectacle luy demanda d'où elle venoit, d'où elle eſtoit, qui luy cauſoit cette faim enragée, qui l'obligeoit à manger comme les beſtes, s'il y auoit long-temps qu'el-le eſtoit en ce lieu, & ſi par hazard elle n'y auoit point rencontré deux hommes qu'il venoit d'apparceuoir, & qui ſans doute eſtoient quelques Phantoſmes, el-le reſpondant de point en point à toutes ces demandes, luy repartit qu'elle venoit de fort loing d'icy, qu'elle eſtoit d'vn païs eſtranger, & qu'elle auoit vne faim ſi pro-digieuſe qu'elle deuoroit tout ce qui le preſentoit à ſes yeux. Mais que pour luy il eſtoit homme de bien & de conſcien-ce; puiſque Dieu luy auoit fait voir ces

Phantofmes qui pronoftiquoient les mal-
heurs qui deuoient arriuer à la France : &
apres l'auoir asseuré qu'ils ne luy feroient
aucun mal , au contraire qu'ils seroient
rauis de l'entrenir, elle le prift par la main
& le mena à eux , & trouua encore comme
ils marchoient dans le bois. S'eftans faluez
les vns les autres, l'homme armé prit la pa-
role & dit: fçache Chreftien , que ie fignifie la guerre , mon compagnon que tu vois ,
fignifie la mortalité & la pefte; cefte femme
la famine : trois fleaux dont Dieu veut affli-
ger fon peuple s'il n'en detourne les coups
par les coups d'vne rude pœnitence , & les
larmes ameres d'vne parfaite conuerfion.
Priez fa Maiefté qu'elle apaife fes coleres &
qu'elle prenne pitié de fes pauures creatures, ce qu'ayant dit , ils difparurent en mefme temps , & laifferent cét homme dans
vn eftonnement extréme ; qui s'en eftant
retourné chez luy tomba malade à l'inftant
de frayeur d'auoir veu ce prodige, & d'auoir
appris que la France n'eftoit pas encore au
bout de fes mal'heurs, si les hommes n'en
cherchoient les remedes. Maintenant quel-
qu'vn

qu'vn me demandera deux chofes : La pre-
miere s'il eft vray qu'il reuienne des efprits :
La feconde fi les fleaux dont Dieu nous me-
nace, tomberont infailliblement fur nos
teftes. Pour le premier, ie dis auec les Hi-
ftoires faintes, qu'il eft conftant qu'il re-
uient des efprits, & nous auons des preuues
certaines de cette verité dans tous les Li-
ures prefque où nous lifons, dont les plus
fages ne doutent aucunement : Pour le fe-
cond ie dis auec le Prophete que ces fignes
que Dieu fait paroiftre aux hommes, ne
font pas toufiours des marques qu'il ait en-
uie de nous chaftier, mais de nous pardon-
ner : comme il pardonna autrefois à Nini-
ue, bien qu'il en eut ce femble refolu la per-
te dans quarante iours, & en tout cas fup-
pofé qu'il vueille nous enuoyer les puni-
tions que meritent nos pechez, ne vaut-il
pas mieux qu'il nous chaftie en ce monde
qu'en l'autre, puifque les chaftimens d'icy
bas font doux, & que nous n'auons point
de preuues plus affeurées de l'amour de
Dieu que lors qu'il nous fait du mal. Mais
pour reuenir à noftre Hiftoire, le lende-

main que cét homme eu veu cés phantofmes dans la foreſt, il ſe ſouuint qu'il en
auoit apperçeu vn troiſieſme qui s'eſtoit
euanoüy de ſes yeux, & voyant par expe-
rience que cette viſion ne luy auoit cauſé
aucun mal, mais qu'elle eſtoit ſeulement
vn aduertiſſement du Ciel, dés le matin
qu'il fut leué s'en alla à la Meſſe aux Peres
Barnabites, qu'il entendit auec deuotion,
& apres auoir communiqué ſes deſſeins,
ſes ſecrets, & ſes viſions à ſon pere Confeſ-
ſeur, retourna dans le bois en intention
d'y rencontrer ce phantofme qui auoit eſ-
chappé à ſes yeux le iour precedent. Arriué
qu'il fut dans la foreſt, il ſe proſterna à deux
genoux deuant vne Croix qui eſt entre le
chemin de Ferriere & celuy de Montargis,
& apres mille larmes repanduës, & mille
vœux faits au Ciel, ſupplia inſtamment ſa
diuine Maieſté qu'elle eut aſſez de bonté
pour luy declarer qu'elles eſtoient ſes vo-
lontez, & ce qu'elle demandoit de ſes ſouſ-
miſſions & de l'obeiſſance de ſes pauures
creatures. Alors le phantofme venant à
luy, le ſaluant & le traittant auec beau-

coup de refpect, luy dit qu'il le vouloit en-
tretenir de plufieurs chofes importantes à
la gloire de la France; ce qu'il fit dans l'efpace de plus de quatre heures qu'il conuer-
ferent enfemble dans l'endroit le plus ob-
fcur du bois : mais de fçauoir ce qu'il luy à
dit, & dequoy il l'a entretenu c'eft ce qu'il
n'a pas encore declaré, & qu'il ne veut declarer qu'à fon Confeffeur. En attendant ces
particularitez efperons du Ciel qu'il nous
deliurera de ces maux, & que nous ne fe-
rons pas fi mal-heureux que les Elemens,
& les Vifions nous le promettent.

F I N.

www.ingramcontent.com/pod-product-compliance
Lightning Source LLC
Chambersburg PA
CBHW061522170626
46811CB00004B/1804